Arte

**Yasmina Reza** es novelista y dramaturga de renombre mundial. Ha recibido los premios más destacados en el ámbito teatral (el Molière, el Tony y el Laurence Olivier, entre otros) por obras como la exitosa *Arte*. Su narrativa ha recibido también grandes reconocimientos, como el Premio Renaudot por *Babilonia*.

Es, también, autora de novelas como *Felices los felices*, *Serge* o la crónica *El alba la tarde o la noche*. Su último libro es *Casos reales*. En 2024 recibió el Premio Mundial Cino del Duca por el conjunto de su obra.

# YASMINA REZA

## Arte

Traducción de
**Josep Maria Flotats**

DEBOLS!LLO

Papel certificado por el Forest Stewardship Council®

MIXTO
Papel | Apoyando la silvicultura responsable
FSC® C117695
FSC
www.fsc.org

Penguin Random House Grupo Editorial

Título original: *Art*

Primera edición: enero de 2026


Diseño de la cubierta: Penguin Random House Grupo Editorial / Claudia Sánchez
Imagen de la cubierta: *Study for Homage to the Square: Looking Deep* © The Josef and Anni Albers Foundation / VEGAP, Barcelona, 2025



*Printed in Spain* – Impreso en España

ISBN: 978-84-663-8230-4
Depósito legal: B-19.625-2025

Compuesto en Comptex & Ass., S.L.
Impreso en Novoprint
Sant Andreu de la Barca (Barcelona)

P 3 8 2 3 0 4

# PRÓLOGO

*Arte* nos presenta a tres amigos bien situados, que ponen en peligro su relación a causa de una divergencia de opiniones sobre... el arte. ¿Quién no ha sentido alguna vez unas ganas locas de reírse o de gritar como si le hubieran estafado ante lo que considera el último ultraje o montaje publicitario sobre la nada que nos presenta cierta vanguardia? Uno de los amigos acaba de adquirir un cuadro de aproximadamente un metro sesenta por un metro veinte a un precio... de vanguardia.

La compra desencadena un debate sobre la pintura y el arte en general, una puesta en perspectiva del fenómeno de la creación y, en consecuencia, de las distintas maneras de percibir el mundo. La desproporción entre la causa y el efecto, en la discusión, provoca una serie de altercados violentos y desmesurados que producen finalmente risa. Una risa que surge constantemente de nimiedades —de un tono de voz demasiado condescendiente para el gusto de uno, de la expresión de una grosería insoportable, por parte del otro—, y esas nimiedades son las que hacen que todo se altere y acaben con toda posibilidad de comunicación.

¿Hay que elevar al artista a la categoría de divinidad, como hace uno de los personajes de la obra, o es mejor no creer en nada, como propugna otro? Por medio de situaciones incesantemente cómicas, los actores no cesan de dirigirnos sus preguntas. ¿Qué valor hay que otorgar a nuestra percepción de los seres y de las cosas? ¿Hay un pensamiento que se oculta y que intentamos desesperadamente aprehender? En definitiva, ¿no es la aventura humana la revelación del fracaso perpetuo de nuestras aspiraciones y el aviso de nuestros límites? En un juego dramático que rechaza representar la anécdota, se revelan las grandes preguntas que se plantea la sociedad moderna: una sociedad de mercado en la que el dinero es la referencia de calidad, en la que el compromiso no está dictado por la defensa de unos ideales, sino por la defensa de los intereses particulares. Y, al final, el valor de los individuos no reside en lo que son, sino en lo que se puede hacer con ellos. Unos retos, un gran debate público, presentados en forma divertida en la tribuna de un teatro que brilla por su vivacidad y su humor.

Josep Maria Flotats

*Arte* fue estrenada en España el 29 de septiembre de 1998 en el Teatro Marquina de Madrid, con:

| | |
|---|---|
| Josep Maria Flotats | como IVÁN |
| Josep Maria Pou | como MARCOS |
| Carlos Hipólito | como SERGIO |
| | |
| *Iluminación* | Alberto Faura |
| *Figurines* | Devota & Lomba |

en una versión, escenografía, producción y dirección de Josep Maria Flotats.

# PERSONAJES

MARCOS

SERGIO

IVÁN

*El salón de un apartamento.*

*Un solo decorado. Lo más austero posible, lo más neutro. Las escenas se desarrollarán sucesivamente en casa de Sergio, Iván y Marcos. Nada cambia, excepto la obra pictórica expuesta.*

*Marcos, solo.*

MARCOS. Mi amigo Sergio se ha comprado un cuadro. Es una tela de aproximadamente un metro sesenta por un metro veinte, pintada de blanco. El fondo es blanco y si entornamos un poco los ojos, podemos percibir unas finísimas líneas blancas transversales.

Mi amigo Sergio es amigo mío desde hace tiempo. Es un muchacho que ha triunfado, es médico dermatólogo y ama el arte.

El lunes fui a ver el cuadro que Sergio había adquirido el sábado pero que ya codiciaba desde hacía varios meses. Un cuadro blanco con unas líneas blancas.

*En casa de Sergio.*

*Colocada a ras del suelo, una tela blanca, con unas líneas blancas transversales.*

*Sergio mira, satisfecho, su cuadro.*

*Marcos mira el cuadro.*

*Sergio mira a Marcos mirando el cuadro.*

*Larga pausa en la que los sentimientos se traducen sin palabras.*

MARCOS. ¿Caro?

SERGIO. Cinco.

MARCOS. ¿Cinco?…

SERGIO. Handtington se lo vuelve a quedar por cinco quinientas.

MARCOS. ¿Quién es?

SERGIO. ¡¿Handtington?!

MARCOS. No le conozco.

SERGIO. ¡Handtington! ¡La galería Handtington!

MARCOS. ¿La galería Handtington se lo vuelve a quedar por cinco quinientas?…

SERGIO. No, la galería no. Él. Handtington, él personalmente. Para él.

MARCOS. ¿Por qué no lo ha comprado Handtington?

SERGIO. Porque a toda esa gente le interesa vender a particulares. El mercado tiene que circular.

MARCOS. Ya…

SERGIO. ¿Entonces?

MARCOS. …

SERGIO. No estás bien situado. Míralo desde aquí. ¿Distingues las líneas?

MARCOS. Cómo se llama el…

SERGIO. … pintor. Antrios.

MARCOS. ¿Conocido?

SERGIO. Muy. ¡Muy!

*Pausa.*

MARCOS. Sergio, ¿no habrás pagado cinco millones de pesetas por este cuadro?

SERGIO. Chico, es el precio. ¡Es un ANTRIOS!

MARCOS. ¡No habrás pagado cinco millones de pesetas por este cuadro!

SERGIO. Sabía que no lo apreciarías.

MARCOS. ¡¿Has pagado cinco millones de pesetas por esta mierda?!

*Sergio, como si estuviera solo.*

SERGIO. Mi amigo Marcos, que es un muchacho inteligente, un muchacho al que aprecio desde hace tiempo, ingeniero aeronáutico, muy bien situado, forma parte de esos nuevos intelectuales que no se contentan solo con ser enemigos de la modernidad, sino que además se enorgullecen de ello.

Desde hace poco existe, entre los nostálgicos de los felices viejos tiempos, una arrogancia que le deja a uno estupefacto.

*Los mismos.*
*El mismo cuadro.*
*El mismo sitio.*

SERGIO. [*Después de una pausa*]. ... ¿Cómo puedes decir «esta mierda»?

MARCOS. ¡Sergio, un poco de sentido del humor! ¡Ríe..., hombre, ríe! ¡Es alucinante que te hayas comprado este cuadro!

*Marcos ríe.*
*Sergio, de piedra.*

SERGIO. Que encuentres esta adquisición alucinante, muy bien, que te haga reír, mejor, pero me gustaría saber qué entiendes por «esta mierda».

MARCOS. ¡Me estás tomando el pelo!

SERGIO. En absoluto. ¿«Esta mierda» con relación a qué? Cuando se dice que tal cosa es una mierda, es que se tiene un criterio de valor para apreciar esa cosa.

MARCOS. ¿Con quién hablas? ¿Con quién hablas en este momento? ¡Eh! ¡Eh!

SERGIO. A ti no te interesa la pintura contemporánea, jamás te ha interesado. No tienes ningún conocimiento en ese campo, ¿cómo puedes afirmar que tal objeto, obedeciendo a unas leyes que ignoras, es una mierda?

MARCOS. ... Es una mierda. Lo siento.

*Sergio, solo.*

SERGIO. No le gusta el cuadro.

Bueno...

Ninguna delicadeza en su actitud. Ningún esfuerzo.

Ninguna muestra de ternura en su crítica.

Solo una risa pretenciosa, pérfida.
Una risa que lo sabe todo mejor que nadie.
Odio esa risa.

*Marcos, solo.*

MARCOS. Que Sergio se haya comprado ese cuadro me supera, me inquieta, me provoca una angustia indefinida.

Al salir de su casa, tuve que tomarme tres gránulos de Gelsenium 9 CH que Paula me había aconsejado —entre paréntesis, me dijo: ¿Gelsenium o Ignatia? ¿Prefieres Gelsenium o Ignatia? ¡¡Y yo qué sé!!—. No consigo entender cómo es posible que Sergio, que es amigo mío, haya podido comprarse ese cuadro.

¡Cinco millones!

Un muchacho que no es millonario. Desahogado sí, confortablemente desahogado, pero sin más. ¡Se ha gastado cinco millones en una tela blanca!

Tengo que contárselo a Iván, que es nuestro amigo común, hablaré con Iván. Aunque Iván es un muchacho tolerante, y eso en materia de relaciones humanas es el peor de los defectos.

Iván es tolerante porque pasa de todo.

Si Iván tolera que Sergio se haya gastado cinco millones en esa mierda blanca, es que Iván pasa de Sergio. Está claro.

*En casa de Iván.*

*En la pared, un bodrio.*

*Iván está de espaldas y de cuatro patas. Parece buscar algo debajo de un mueble.*

*En la acción se da la vuelta para presentarse.*

IVÁN. Me llamo Iván.

Estoy un poco tenso porque después de haberme pasado la vida en el sector textil, acabo de encontrar un empleo de representante en una papelería al por mayor. Soy un chico simpático. Mi vida profesional ha sido siempre un fracaso y voy a casarme dentro de quince días con una chica amable, brillante y de muy buena familia.

*Entra Marcos.*

*Iván está de nuevo de espaldas buscando.*

MARCOS. ¿Qué estás haciendo?
IVÁN. Estoy buscando el capuchón de mi rotulador.

*Una pausa.*

MARCOS. Bueno, déjalo ya.
IVÁN. Lo tenía hace cinco minutos.
MARCOS. No tiene importancia.
IVÁN. Sí.

*Marcos se agacha para buscar con él. Los dos buscan durante unos segundos. Marcos se incorpora.*

MARCOS. Para. Ya te comprarás otro.
IVÁN. Son unos rotuladores especiales, puedes dibujar sobre cualquier superficie..., me irrita. No te imaginas hasta qué punto soy torpe con los objetos. Siempre me van a la contra. Me ponen frenético. Lo tenía en la mano hace cinco minutos.
MARCOS. ¿Os vais a instalar aquí?
IVÁN. ¿Te parece bien para una pareja joven?
MARCOS. ¡Joven! ¡Ja! ¡Ja!
IVÁN. Controla tu risa delante de Catalina.
MARCOS. ¿Y la papelería?
IVÁN. Bien. Voy aprendiendo.

MARCOS. Has adelgazado.

IVÁN. Un poco. Me cabrea no encontrar el capuchón, ahora se secará. Siéntate.

MARCOS. Si sigues buscando, me voy.

IVÁN. Vale. Paro. ¿Te apetece tomar algo?

MARCOS. Un agua con gas, si tienes. ¿Has visto a Sergio últimamente?

IVÁN. No. ¿Y tú?

MARCOS. Le vi ayer.

IVÁN. ¿En forma?

MARCOS. Mucho. Se acaba de comprar un cuadro.

IVÁN. ¿Ah, sí?

MARCOS. Hum.

IVÁN. ¿Bonito?

MARCOS. Blanco.

IVÁN. ¿Blanco?

MARCOS. Blanco.

Imagínate una tela de un metro sesenta por un metro veinte aproximadamente… con un fondo blanco…, completamente blanco…, y en diagonal unas finísimas líneas transversales blancas…, lo ves…, y quizá una línea horizontal blanca complementaria, en la parte baja…

IVÁN. ¿Cómo las ves?

MARCOS. ¿Perdón?

IVÁN. Las líneas. ¿Cómo puedes ver las líneas blancas si el fondo es blanco?

MARCOS. Porque las veo. Porque, pongamos por caso, las líneas son ligeramente grises, o al revés, en fin, ¡que hay matices en el blanco! ¡El blanco es más o menos blanco!

IVÁN. No te sulfures. ¿Por qué te sulfuras?

MARCOS. ¡Siempre pinchando! ¡Déjame terminar!

IVÁN. Bien. ¿Y qué más?

MARCOS. Bueno. O sea, que ves el cuadro.

IVÁN. ¡Clarísimamente!

MARCOS. Ahora te toca adivinar qué precio ha pagado Sergio por él.

IVÁN. ¿Quién es el pintor?

MARCOS. Antrios. ¿Lo conoces?

IVÁN. No. ¿Se cotiza?

MARCOS. ¡Sabía que me lo ibas a preguntar!

IVÁN. Lógico…

MARCOS. No, no es lógico…

IVÁN. Claro que es lógico, me pides que adivine el precio, y sabes perfectamente que el precio está en función de la fama del pintor…

MARCOS. No te pido que hagas una evaluación de ese cuadro en función de tal o cual criterio, no te pido una evaluación profesional, te pregunto lo que tú,

Iván, pagarías por un cuadro blanco ornamentado con unas rayitas de un blanco apenas hueso.

IVÁN. Ni un céntimo.

MARCOS. Bien. ¿Y Sergio? Di una cifra al azar.

IVÁN. Trescientas mil.

MARCOS. ¡Ja! ¡Ja!

IVÁN. Un millón.

MARCOS. ¡Ja! ¡Ja!

IVÁN. Dos…

MARCOS. Sigue…

IVÁN. ¿Tres?… ¡¿Cuatro?!…

MARCOS. Cinco. Cinco kilos.

IVÁN. ¡No!

MARCOS. Sí.

IVÁN. ¡¿¿Cinco kilos??!

MARCOS. … cinco kilos.

IVÁN. ¡Se ha vuelto loco!

MARCOS. ¿Verdad que sí?

*Un breve tiempo.*

IVÁN. Claro que…

MARCOS. ¿Claro que qué?

IVÁN. Si así es feliz… Se gana muy bien la vida…

MARCOS. ¿Es así como ves tú las cosas?

IVÁN. ¿Por qué? ¿Tú cómo las ves?

MARCOS. ¿No te das cuenta de la gravedad de esto?

IVÁN. Hum… No…

MARCOS. Es curioso que no percibas lo esencial de esta historia. Te quedas con la apariencia. No ves la gravedad que contiene.

IVÁN. ¿Qué gravedad contiene?

MARCOS. No ves lo que se transluce de todo esto.

IVÁN. ¿Quieres unos panchitos?

MARCOS. No ves que de golpe, de la manera más grotesca posible, Sergio va a creerse que es un «coleccionista».

IVÁN. Bah…

MARCOS. A partir de hoy, nuestro amigo Sergio forma parte del Gotha de los grandes amantes del arte.

IVÁN. ¡No, hombre, no!…

MARCOS. Claro que no. Por ese precio no formas parte de nada. Pero él cree que sí.

IVÁN. De veras…

MARCOS. ¿No te molesta?

IVÁN. No. Si le hace feliz.

MARCOS. ¡¿Pero qué quiere decir si le hace feliz?! ¡¿Qué clase de filosofía es esa del *si le hace feliz*?!

IVÁN. Mientras no dañe a un tercero…

MARCOS. ¡Daña a un tercero! A mí. Yo estoy perturbado, estoy perturbado e incluso herido, sí, sí, por ver a Sergio, a quien quiero, dejarse estafar por esnobismo y perder todo criterio.

IVÁN. Ahora lo descubres. Siempre ha frecuentado las galerías de una manera ridícula, siempre ha sido una rata de exposiciones…

MARCOS. Siempre ha sido una rata, pero una rata con la que uno se podía reír. Mira, en el fondo, lo que más me duele es que con él ya no se puede reír.

IVÁN. ¡Claro que sí!

MARCOS. ¡Que no!

IVÁN. ¿Lo has intentado?

MARCOS. Sí. Me reí. Y a gusto. ¿Qué querías que hiciera? Pero él no despegó las mandíbulas. Claro que cinco kilos son muchos kilos como para reírse.

IVÁN. Pues sí. [*Se ríen*]. Conmigo, se reirá.

MARCOS. Me extrañaría. Pásame los panchitos.

IVÁN. Se reirá. Ya lo verás.

*En casa de Sergio.*
*Sergio está con Iván. No se ve el cuadro.*

SERGIO. … Y con los suegros, ¿buenas relaciones?

IVÁN. Excelentes. Piensan que soy un chico que ha ido de precario en precario, y que después de acariciar tejidos vastos acariciará papel de seda... Tengo algo aquí en la mano, ¿qué es?... [*Sergio lo mira*]. ¿Es grave?

SERGIO. No.

IVÁN. Menos mal. ¿Qué hay de nuevo?

SERGIO: Nada. Mucho trabajo. Cansado. Me alegro de verte. No me llamas nunca.

IVÁN. No quiero molestar.

SERGIO. Pero qué dices. Dejas tu nombre a la secretaria y te llamo en el acto.

IVÁN. Tienes toda la razón. Cada vez más monacal, tu casa...

SERGIO. [*Se ríe*]. ¡Sí!...

¿Has visto a Marcos últimamente?

IVÁN. No, últimamente no. ¿Y tú? ¿Lo has visto?

SERGI. Hace dos o tres días.

IVÁN. ¿Y está bien?

SERGIO. Sí. Más o menos.

IVÁN. ¿Cómo es eso?

SERGIO. No, está bien.

IVÁN. Hablé con él por teléfono la semana pasada, y parecía estar bien.

SERGIO. Sí, sí, está bien.

IVÁN. Deduzco que no está muy bien.
SERGIO. En absoluto, te he dicho que está bien.
IVÁN. Has dicho más o menos.
SERGIO. Sí, más o menos. Pero está bien.

*Larga pausa.*

*Iván da vueltas por la habitación.*

IVÁN. ¿Sales? ¿Has visto cosas?
SERGIO. Nada. Ya no tengo medios para salir.
IVÁN. ¿No?
SERGIO. [*Alegremente*]. Estoy arruinado.
IVÁN. ¡No!
SERGIO. ¿Quieres ver algo único? ¿Quieres?
IVÁN. ¡Claro que sí! ¡Enséñamelo!

*Sergio sale y vuelve a la habitación con el Antrios, le da la vuelta y lo presenta a Iván.*

*Iván mira el cuadro y sorprendentemente no consigue reírse como tenía previsto.*

*Después de un largo silencio en el que Iván observa el cuadro y Sergio observa a Iván:*

IVÁN. Ah, sí. Sí, sí.

SERGIO. Antrios.

IVÁN. Sí, sí.

SERGIO. Antrios de los años setenta. Cuidado. Ahora vuelve a una etapa similar, pero esta es la de los setenta.

IVÁN. Sí, sí. ¿Caro?

SERGIO. En términos absolutos, sí. En realidad, no. ¿Te gusta?

IVÁN. ¡Oh! Sí, sí, sí.

SERGIO. Evidente.

IVÁN. Evidente, sí… Sí… Es…

SERGIO. Magnético.

IVÁN. Hum… Sí…

SERGIO. Y eso que ahora no recibes la vibración.

IVÁN. … Un poco…

SERGIO. No, no. Tendrías que venir a las doce del mediodía. La vibración monocromática no es perceptible con luz artificial.

IVÁN. Hum, hum.

SERGIO. ¡Aunque no se trate de un total monocromo!

IVÁN. ¡No! ¿Cuánto?

SERGIO. Cinco.

IVÁN. … Sííí, claro.

SERGIO. Claro. Sí.

*Silencio.*

*De repente Sergio se echa a reír, seguido inmediatamente por Iván.*

*Los dos se parten de risa.*

SERGIO. Una pasada, ¿no?

IVÁN. ¡Total!

SERGIO. ¡Cinco millones!

*Se ríen de muy buena gana.*

*Se paran. Se miran.*

*Vuelven a empezar.*

*Luego se paran.*

*Una vez calmados:*

SERGIO. Sabes que Marcos ya lo ha visto.

IVÁN. ¿Ah, sí?

SERGIO. Aterrado.

IVÁN. ¿Ah, sí?

SERGIO. Me dijo que era una mierda. Término absolutamente inapropiado.

IVÁN. Justo.

SERGIO. No se puede decir que es una mierda.

IVÁN. No.

SERGIO. Se puede decir: No lo veo, no lo percibo; pero no se puede decir: «Es una mierda».

IVÁN. ¿Ya has visto su casa?

SERGIO. Nada que ver. Tu casa también es… en fin, quiero decir, a ti te da igual.

IVÁN. Él es un clásico, un hombre clásico, cómo quieres que…

SERGIO. Se puso a reír de una manera sardónica… Sin ton ni son… Sin un ápice de humor.

IVÁN. No habrás tenido que llegar hasta hoy para descubrir que Marcos es un impulsivo…

SERGIO. Carece de humor. Contigo, me río. Con él, me quedo helado.

IVÁN. Está un poco huraño últimamente, es cierto.

SERGIO. Yo no le reprocho que no sea sensible a esta clase de pintura, no tiene la educación adecuada, es necesario un largo aprendizaje que él no posee, o porque no lo ha querido hacer nunca, o porque le ha faltado una inclinación particular, da igual, el reproche que yo le hago es el tono, la suficiencia, su ausencia de tacto. Le reprocho su falta de delicadeza. No le reprocho que no se interese por el arte contemporáneo, me da igual, yo le quiero por encima de todo eso…

IVÁN. ¡Él también!...

SERGIO. No, no, no, el otro día noté en él una cierta..., una cierta condescendencia..., un sarcasmo agrio...

IVÁN. ¡No puede ser!

SERGIO. ¡Sí que puede ser! No intentes siempre allanar las cosas. ¡Deja ya de una vez de querer ser el gran reconciliador del género humano! Admite que Marcos se está atrofiando.

*Silencio.*

*En casa de Marcos.*

*En la pared, un cuadro figurativo que representa un paisaje visto desde una ventana.*

IVÁN. Nos reímos.

MARCOS. ¿Te reíste?

IVÁN. Nos reímos. Los dos. Nos reímos. Te lo juro sobre la cabeza de Catalina, nos reímos a la vez.

MARCOS. Le dijiste que era una mierda, y os reísteis.

IVÁN. No, no le dije que era una mierda, nos reímos espontáneamente.

MARCOS. Llegaste, viste el cuadro y te echaste a reír. Y él, también.

IVÁN. Sí. Más o menos. Después de dos o tres palabras, es así como sucedió.

MARCOS. ¿Y se rio a gusto?

IVÁN. Mucho, mucho.

MARCOS. Pues mira, me he equivocado. Menos mal. Me tranquilizas de verdad.

IVÁN. Y te voy a decir más. Fue Sergio el que se rio primero.

MARCOS. Fue Sergio el que se rio primero…

IVÁN. Sí.

MARCOS. Él se rio y tú te reíste luego.

IVÁN. Sí.

MARCOS. Pero él, ¿por qué se rio?

IVÁN. Se rio porque se dio cuenta de que yo iba a hacerlo. Se rio para darme confianza, si prefieres.

MARCOS. Si se rio el primero, no vale. Si se rio el primero fue para desactivar tu risa. Eso no significa que se riera a gusto.

IVÁN. Se reía muy a gusto.

MARCOS. Se reía muy a gusto, pero no por la causa justa.

IVÁN. ¿Perdona? ¿Qué es la causa justa? No lo entiendo.

MARCOS. No se reía del ridículo de su cuadro, no os reíais él y tú por las mismas razones, tú te reías del cuadro y él se reía para halagarte, para ponerse en tu onda, para demostrarte que además de ser un esteta que puede invertir en un cuadro lo que tú no ganas en un año, sigue siendo tu viejo amigo iconoclasta con quien uno se puede reír.

IVÁN. Hum, hum. [*Un pequeño silencio*]. Sabes…

MARCOS. Sí…

IVÁN. Te vas a sorprender…

MARCOS. Sí…

IVÁN. El cuadro, no me gusta…, pero tampoco lo detesto.

MARCOS. Claro. No se puede detestar lo invisible, no se detesta lo que no existe.

IVÁN. No, no, tiene algo…

MARCOS. ¿Qué es lo que tiene?

IVÁN. Algo. No es «nada».

MARCOS. ¿Bromeas?

IVÁN. Yo no soy tan severo como tú. Es una obra, hay una reflexión detrás.

MARCOS. ¡Una reflexión!

IVÁN. Una reflexión.

MARCOS. ¿Y cuál?

IVÁN. Es el resultado de todo un proceso…

MARCOS. ¡Ja! ¡Ja! ¡Ja!

IVÁN. No es un cuadro pintado al azar, es una obra que se inscribe dentro de todo un recorrido…

MARCOS. ¡Ja! ¡Ja! ¡Ja!

IVÁN. Ríe. Ríe.

MARCOS. ¡Repites las mismas gilipolleces de Sergio! ¡Cuando las dice él es desolador, pero cuando las dices tú, es patético!

IVÁN. Sabes, Marcos, deberías desconfiar de tu suficiencia. Te estás volviendo agrio y antipático.

MARCOS. Estupendo. Cada día me place más ser desagradable.

IVÁN. Bravo.

MARCOS. ¡Una reflexión!

IVÁN. Contigo no se puede hablar.

MARCOS. … ¡Una reflexión detrás de todo eso!… ¡Lo que tú ves es una mierda, pero tranquilízate, tranquilízate, porque hay una reflexión detrás!… ¿Tú crees que hay una reflexión detrás de este paisaje?… [*Señala el cuadro colgado en la pared de su casa*]. No, ¿verdad? Suficientemente evocador. Suficientemente explícito. ¡Todo está en la tela! ¡No ha habido ninguna reflexión!…

IVÁN. Me gusta que te diviertas.

MARCOS. Iván, exprésate por ti mismo. Dime las cosas como tú las sientes.

IVÁN. Siento una vibración.

MARCOS. ¿Sientes una vibración?

IVÁN. ¡Niegas que pueda apreciar ese cuadro por mí mismo!

MARCOS. Claro que sí.

IVÁN. ¿Y por qué?

MARCOS. Porque te conozco. Porque a pesar de tus derroches de indulgencia, eres un chico sano.

IVÁN. No se puede decir lo mismo de ti.

MARCOS. Iván, mírame a los ojos.

IVÁN. Te estoy mirando.

MARCOS. ¿Te ha emocionado el cuadro de Sergio?

IVÁN. No.

MARCOS. Respóndeme. Mañana te casas con Catalina y recibes el cuadro como regalo de boda. ¿Estarías contento?... ¿Estarías contento?...

*Iván, solo.*

IVÁN. Claro que no estaría contento. No estaría contento; pero, en general, no soy un chico que pueda decir a menudo: «Estoy contento». Intento recordar... Intento recordar un acontecimiento del que pudiera decir: «De eso estoy contento...».

«¿Estás contento de casarte?», me dijo un día

mi madre tontamente. «¿No te hace feliz el hecho de casarte?».

«Seguramente, seguramente, mamá…».

«¿Cómo que seguramente? O se está contento o no se está contento. ¿Qué significa seguramente?…».

*Sergio, solo.*

SERGIO. Para mí no es blanco. Cuando digo para mí quiero decir objetivamente. Objetivamente, no es blanco. Tiene un fondo blanco, con unas capas apenas grises… Incluso hay algo de rojo muy pálido. Si fuese blanco del todo, no me gustaría.

Marcos lo ve blanco… Son sus limitaciones… Marcos lo ve blanco porque se ha aferrado a la idea de que es blanco.

Iván, no. Iván ve que no es blanco.

Marcos puede pensar lo que quiera, que le zurzan.

*Marcos, solo.*

MARCOS. Obviamente, tenía que haberme tomado Ignatia. ¡¿Por qué tengo que ser tan categórico?! En el fondo, ¿a mí qué me importa que Sergio se deje embaucar por el arte contemporáneo?...

Sí, es grave, pero podía habérselo dicho de otro modo. Encontrar un tono más conciliador. Si no soporto físicamente que mi mejor amigo se compre un cuadro blanco, al menos tengo que evitar agredirle. Debo tratarle con amabilidad.

De ahora en adelante, le diré las cosas con más amabilidad...

*En casa de Sergio.*

SERGIO. ¿Estás dispuesto a reírte?

MARCOS. Di.

SERGIO. A Iván le ha gustado el Antrios.

MARCOS. ¿Dónde está?

SERGIO. ¿Iván?

MARCOS. El Antrios.

SERGIO. ¿Lo quieres ver de nuevo?

MARCOS. Tráelo.

SERGIO. ¡Sabía que me lo pedirías!... [*Sale y vuelve con el cuadro. Un corto silencio de contemplación*].

Iván lo captó inmediatamente.

MARCOS. Hum, hum…

SERGIO. Bien, escucha, no vamos a dedicar todo el día a este tema, la vida es breve… Por cierto, ¿has leído esto? [*Se apodera de* La vida feliz *de Séneca y lo tira sobre la mesita que está situada delante de Marcos*]. Léelo, es una obra maestra. [*Marcos coge el libro, lo abre y lo ojea*]. Modernísimo. Si lees eso, no necesitas leer nada más. Entre la consulta, el hospital, Paqui que ha decretado que tengo que ver a los niños todos los fines de semana —nueva teoría de Paqui, los niños necesitan a su padre—, ya no me queda tiempo para leer. Estoy obligado a ir a lo esencial.

MARCOS. … Como con la pintura en definitiva…, de la que has eliminado, ventajosamente, forma y color. Dos escorias.

SERGIO. Sí… Aunque sea capaz de apreciar una pintura más figurativa. Por ejemplo, tu neoprimitivo-flamenco. Muy agradable.

MARCOS. ¿Qué tiene de primitivo-flamenco? Es una vista de Toledo.

SERGIO. Ya, claro, pero… hay un perfume flamenco…, la ventana, la vista, el…, da igual, es muy bonito.

MARCOS. No vale un duro, ya lo sabes.

SERGIO. ¡Eso no tiene nada que ver!... Por cierto, ¡sabe Dios cuánto valdrá el Antrios el día de mañana!...

MARCOS. Sabes, he reflexionado. He reflexionado y he cambiado mi punto de vista. El otro día, conduciendo por Madrid, pensaba en ti y me dije: ¿A ver si finalmente lo que ha hecho Sergio no es nada más ni nada menos que un auténtico acto poético?... ¿Entregarse con tanta incoherencia a la adquisición de ese cuadro no es un acto altamente poético?

SERGIO. ¡Qué delicadeza la tuya! No te reconozco. Estás utilizando un tono suave, humilde, que no te va en absoluto.

MARCOS. Que no, que no, te lo aseguro, entono un *mea culpa*.

SERGIO. ¿*Mea culpa* por qué?

MARCOS. Soy demasiado visceral, estoy demasiado nervioso, veo las cosas en primer grado... Me falta sabiduría, si prefieres.

SERGIO. Lee a Séneca.

MARCOS. Mira. Ves, por ejemplo, me acabas de decir: «Lee a Séneca», y eso podría exasperarme. Soy muy capaz de exasperarme por el solo hecho de que tú, en esta conversación, me digas: «Lee a Séneca». ¡Es absurdo!

SERGIO. No, qué va, no es absurdo.

MARCOS. ¿Ah, no?

SERGIO. No, porque has creído percibir...

MARCOS. Yo no he dicho que estuviera exasperado.

SERGIO. Tú has dicho que podrías...

MARCOS. Sí, sí, que podría.

SERGIO. ... que podrías exasperarte, y lo entiendo. Porque en el «Lee a Séneca» has creído percibir suficiencia por mi parte. Tú me dices que te falta sabiduría y yo te contesto: «Lee a Séneca», ¡es odioso!

MARCOS. ¡Es verdad!

SERGIO. Dicho esto es obvio que te falta sabiduría, porque yo no he dicho «Lee a Séneca», sino «¡Lee a Séneca!».

MARCOS. Exacto. Exacto.

SERGIO. De hecho, estás perdiendo el sentido del humor, así de fácil.

MARCOS. Probable.

SERGIO. Ya no tienes sentido del humor, Marcos. De verdad, querido, no lo tienes. Hablando de ti el otro día, Iván y yo coincidimos los dos en este punto, has perdido el sentido del humor. ¿Pero qué coño estará haciendo? ¡Es incapaz de ser puntual! ¡Ya no llegamos ni a la película!

MARCOS. … ¿Iván piensa que yo he perdido el sentido del humor?

SERGIO. Iván dice, como yo, que últimamente te falta un poco de sentido del humor.

MARCOS. La última vez que os visteis, Iván te dijo que le gustaba mucho tu cuadro y que a mí me faltaba un poco de sentido del humor…

SERGIO. Ah, sí, sí, eso, el cuadro, sí, mucho, de verdad. Y lo dijo sinceramente… ¿Qué estás comiendo?

MARCOS. Ignatia.

SERGIO. Ahora crees en la homeopatía.

MARCOS. No creo en nada.

SERGIO. ¿No te parece que Iván ha adelgazado mucho?

MARCOS. Ella también.

SERGIO. Esa boda les consume.

MARCOS. Cierto.

*Se ríen.*

SERGIO. ¿Paula está bien?

MARCOS. Sí. [*Señalando el Antrios*]. ¿Dónde lo vas a poner?

SERGIO. No lo he decidido todavía. Aquí. ¿Aquí?… Demasiado ostentoso.

MARCOS. ¿Lo vas a enmarcar?

SERGIO. [*Riéndose amablemente*]. ¡No!… No, no…

MARCOS. ¿Por qué?

SERGIO. No se debe.

MARCOS. ¿Ah, no?

SERGIO. Es voluntad del artista. No se debe delimitar. Ya tiene un contorno… [*Hace un gesto a Marcos para que observe el borde del cuadro*]. Ven, acércate… Lo ves…

MARCOS. ¿Es un esparadrapo?

SERGIO. No, es una especie de papel Kraft… confeccionado por el artista.

MARCOS. Es divertido que digas el artista.

SERGIO. ¿Qué quieres que diga?

MARCOS. Dices el artista, podrías decir el pintor o bien…, cómo se llama…, Antrios…

SERGIO. ¿Y…?

MARCOS. No, es que dices el artista como una especie de…, en fin, basta, no tiene importancia. ¿Qué vamos a ver? Intentemos por una vez ir a ver algo consistente.

SERGIO. Son las diez y media. Ya no llegamos a ninguna sesión. Es increíble que alguien que no tiene nada que hacer, estarás de acuerdo conmigo, llegue siempre tarde. ¡¿Dónde se habrá metido?!

MARCOS. Vámonos a cenar.

SERGIO. Sí. Son las diez y treinta y dos. Estábamos citados entre nueve y nueve y media... ¿Qué querías decir? ¿Digo el artista como qué?

MARCOS. Nada. Iba a soltar una gilipollez.

SERGIO. No, no, di.

MARCOS. Dices el artista como una..., como una entidad intocable. El artista... Una especie de divinidad...

SERGIO. [*Se ríe*]. Es que, para mí, ¡es una divinidad! ¡No creerás que iba a dilapidar esa fortuna en un vulgar mortal!...

MARCOS. Por supuesto que no.

SERGIO. El lunes estuve en el Reina Sofía. ¿Sabes cuántos Antrios hay en el Reina Sofía? ¡Tres! ¡Tres Antrios!... ¡En el Reina Sofía!

MARCOS. Genial.

SERGIO. ¡Y el mío no desmerece!...

Oye, te propongo una cosa, si Iván no aparece dentro de tres minutos exactamente, nos largamos. He descubierto un restaurante gallego excelente.

MARCOS. ¿Por qué estás tan tenso?

SERGIO. Yo no estoy tenso.

MARCOS. Sí lo estás.

SERGIO. Yo no estoy tenso, en fin, sí, estoy tenso porque encuentro inadmisible la laxitud de Iván, ¡esta incapacidad que tiene para el rigor!

MARCOS. De hecho, soy yo quien te irrita y lo pagas con el pobre Iván.

SERGIO. El pobre Iván, ¡me tomas el pelo! Tú no me irritas, ¿por qué ibas a irritarme?

SERGIO. Me irrita. Es verdad. Me irrita. Tiene un tono meloso. Una sonrisita docta después de cada palabra. Da la impresión de que se esfuerza en ser amable. «¡No te esfuerces, querido! ¡Sobre todo, no te esfuerces!». ¿Será por la compra del Antrios?... ¿Es la compra del Antrios la que ha desencadenado este malestar entre nosotros?... ¿Una compra... que no contaba con su aprobación?... ¡Me importa un bledo su aprobación! ¡Me importa un bledo tu aprobación, Marcos!

MARCOS. ¿Será por el Antrios, la compra del Antrios?

No. El mal viene de más lejos... Viene exactamente de aquel día en que pronunciaste, sin ningún humor, refiriéndote a un objeto de arte, la palabra «deconstrucción». No es tanto el término «deconstrucción» en sí lo que me sublevó como la gravedad con la que lo pronunciaste.

Dijiste muy en serio, sin distanciamiento alguno, sin un ápice de ironía, «deconstrucción», tú, mi amigo. Sin saber cómo afrontar esa situación dije que me estaba convirtiendo en un misántropo y me replicaste de la manera más infernal e inesperada…: «¿Pero quién eres tú? ¿Desde dónde hablas?… ¿Desde dónde, desde qué altura te atreves a excluirte de los demás? ¿Quién eres tú, amiguito Marcos, para creerte superior?». Aquel día tenía que haberle aplastado la cabeza de un puñetazo. Y una vez tendido en el suelo, medio muerto, haberle dicho: «¿Y tú, Sergio, qué vales como amigo, qué clase de amigo eres tú, que no reconoces a tu amigo como superior a ti?».

*En casa de Sergio.*
*Marcos y Sergio, tal como los hemos dejado.*

MARCOS. Un restaurante gallego, has dicho, ¿no será un poco pesado? Demasiada grasa…, ¿no crees?

*Llaman a la puerta.*

SERGIO. Las diez y treinta y nueve.

*Sergio va a abrir a Iván. Iván entra hablando.*

IVÁN. Superdramático, problema insoluble, dramático, las dos consuegras quieren figurar en la participación de boda. Catalina adora a su madrastra, que casi la ha criado, quiere que conste en la participación, lo quiere, pero la madrastra no concibe, y es normal, la madre murió, no figurar al lado del padre, yo odio a mi madrastra y no la quiero incluir en la participación, pero mi padre no quiere estar si ella no está, a menos que la madrastra de Catalina no esté tampoco, cosa absolutamente imposible, he sugerido que no figure ningún pariente, al fin y al cabo ya no tenemos veinte años, podemos comunicar nuestro enlace e invitar a la gente los dos solitos, Catalina se puso histérica, argumentando que eso era una bofetada para sus padres, que pagaban a precio de oro la recepción, y de manera especial para su madrastra, que se había sacrificado tanto por ella aun sin ser su hija, terminé por dejarme convencer, totalmente en contra de mi voluntad, por agotamiento, acepto, pues, que mi madrastra, a la que odio, es una cerda, figure en la participación, llamo a mi madre por teléfono para decírselo, le digo mamá, lo he intentado todo para evitar esta situación, pero no hay otra manera de resolverlo, María Luisa debe figurar en la participación, si María Luisa figura en la participación, me contesta mi madre, yo no quiero estar, le digo mamá, te lo suplico, no empeores más las cosas, y ella me dice cómo te atreves a proponerme que mi nombre navegue a la deriva, en solitario, sobre el papel, como el de una mujer abandonada, debajo del de María Luisa sólidamente amarrado al patronímico de tu padre, yo le digo mamá, unos amigos me están esperando, voy a colgar, ya hablaremos de todo esto mañana con más tranquilidad, ella me dice y por qué siempre tengo que ser yo el último mono, pero qué dices, mamá, tú no eres la última mona, claro que sí, cuando me dices que no empeore más las cosas quiere decir claramente que las cosas ya son, que todo se ha organizado sin consultarme, todo se trama a mis espaldas, la abnegada Mercedes tiene que decir siempre amén a todo y además, me dice ella —la guinda—, por un acontecimiento del que todavía no entiendo la urgencia, mamá, unos amigos me esperan, sí, sí, siempre tienes algo mejor que hacer, todo es más importante que yo, adiós, y cuelga, Catalina, que estaba a mi lado, pero que no había oído nada, me dice ¿qué dice?, yo le digo no quiere figurar en la participación si figura María Luisa y es normal, yo no hablo de eso, qué dice sobre la boda, nada, mientes, que no, Cati, te lo juro, no quiere figurar en la participación al lado de María Luisa, llámala de nuevo y dile de mi parte que cuando se casa al único hijo, se debe aparcar el amor propio, podrías decirle lo mismo a tu madrastra, eso no tiene nada que ver, exclama Catalina, soy yo, yo, quien exige de todas todas su presencia, no ella, la pobre, tan delicada, si supiera los problemas que provoca, me suplicaría que ni la mencionara en la participación, vuelve a llamar a tu madre, vuelvo a llamarla, hipertenso, con Catalina pegada a mi lado escuchando, Iván, me dice mi madre, hasta hoy has llevado tu vida de la manera más caótica posible, y ahora porque, de pronto, pretendes desarrollar un proyecto de actividad conyugal, me veo en la obligación de tener que pasar toda una tarde y toda una noche con tu padre, un hombre al que no veo desde hace diecisiete años y ante el que no pienso exhibir ni mi papada ni mis circunferencias, y con María Luisa, quien, dicho sea de paso, acaba de descubrir el bridge, mi madre también juega al bridge, sí, sí, el bridge, lo he sabido por Félix Perolari, que María Luisa juegue al bridge no lo puedo evitar, pero en la participación de boda, ese objeto por excelencia que todo el mundo recibirá y analizará, quiero aparecer yo sola, Catalina, que sigue escuchando con la oreja pegada, me hace una mueca de desdén, yo digo mamá, por qué eres tan egoísta, yo no soy egoísta, no soy egoísta, Iván, no irás tú también a decirme como la señora Herminia esta mañana que tengo el corazón de piedra, que en la familia todos tenemos el corazón de piedra, *dixit* la señora Herminia esta mañana, total porque me he negado —ha perdido totalmente el juicio— a pagarle mil ochocientas la hora sin darla de alta, y ella va y aprovecha la ocasión para decirme que en la familia todos tenemos una piedra por corazón, precisamente ahora que acaban de implantarle un marcapasos a mi pobre Andrés, al que por cierto no le has mandado ni una miserable postal, sí, claro, eso a ti te hace reír, a ti todo te da risa, no soy yo la egoísta, Iván, aún te queda mucho que aprender de la vida, anda, mi niño, vete, vete con tus amiguitos…

*Silencio.*

SERGIO. ¿Y?...

IVÁN. Y nada. No se ha resuelto nada. Cuelgo. Minidrama con Catalina. Abreviado porque llegaba tarde.

MARCOS. ¿Por qué te dejas gobernar por todas esas féminas?

IVÁN. ¡Y yo qué sé por qué! ¡Están locas!

SERGIO. Has adelgazado.

IVÁN. Claro. He perdido cuatro kilos. Solo con la angustia...

MARCOS. ¡Lee a Séneca!

IVÁN. ¡*La vida feliz,* eso es lo que necesito! ¿Y él qué dice?

MARCOS. Obra maestra.

IVÁN. ¿Ah, sí?...

SERGIO. No lo ha leído.

IVÁN. ¡Ah, ya!

MARCOS. No, pero hace un rato Sergio me ha dicho obra maestra.

SERGIO. He dicho obra maestra porque es una obra maestra.

MARCOS. Sí, sí.

SERGIO. Es una obra maestra.

MARCOS. ¿Por qué te mosqueas?

SERGIO. Pareces insinuar que digo obra maestra continuamente, porque sí.

MARCOS. No es verdad…

SERGIO. Lo dices con tanta ironía…

MARCOS. ¡No, señor, en absoluto!

SERGIO. Sí, sí, dices «obra maestra» con un tono…

MARCOS. ¡Está loco! ¡No es cierto!… En cambio, tú sí que has dicho, has añadido la palabra «modernísimo».

SERGIO. Sí. ¿Y qué?

MARCOS. Has dicho «modernísimo», como si «moderno» fuera el *non plus ultra* del halago. Como si, hablando de algo, no se pudiera llegar a más, lo máximo, lo más alto: moderno.

SERGIO. ¿Y bien?

MARCOS. Y bien, nada. Y que conste que no he hecho escarnio de tu «-ísimo», te has dado cuenta… «¡Modern-ísimo…!».

SERGIO. Hoy me estás buscando.

MARCOS. No…

IVÁN. No os vais a pelear, ¡sería el colmo!

SERGIO. ¿No te parece extraordinario que un hombre que escribió este libro hace ya casi dos mil años siga siendo actual?

MARCOS. Sí. Sí, sí. Es lo propio de los clásicos.

SERGIO. Cuestión de palabras.

IVÁN. Entonces, ¿qué hacemos? Al cine ya no llegamos, lo siento. ¿Vamos a cenar?

MARCOS. Sergio me ha dicho que su cuadro te ha emocionado.

IVÁN. Sí... bastante... A ti no, ya sé.

MARCOS. No. Vamos a cenar. Sergio conoce un restaurante gallego exquisito.

SERGIO. Temes que sea indigesto.

MARCOS. Temo que sea indigesto, pero estoy dispuesto a arriesgarme.

SERGIO. Ni hablar, si temes que sea indigesto, vamos a otro sitio.

MARCOS. No, me apetece probarlo.

SERGIO. Vamos a ese restaurante si os apetece. ¡Si no, no vamos! [*A Iván*]. ¿Tu, Iván? ¿Quieres comer gallego?

IVÁN. Yo hago lo que vosotros queráis.

MARCOS. Él hará lo que queramos, siempre hace lo que queremos.

IVÁN. Qué os pasa, ¡estáis rarísimos!

SERGIO. Tiene razón, alguna vez podrías tener opinión propia.

IVÁN. Escuchad, amigos, si os habéis propuesto utilizarme como cabeza de turco, ¡me largo! Ya he aguantado bastante por hoy.

MARCOS. Échale humor, Iván.

IVÁN. ¿Cómo?

MARCOS. Échale humor.

IVÁN. ¿Que le eche humor? No le veo la gracia. «Échale humor», qué gracioso.

MARCOS. Me parece que te falta un poco de sentido del humor, últimamente. ¡Cuidado, mírame a mí!

IVÁN. ¿Qué te pasa?

MARCOS. ¿No te parece que a mí también me falta un poco de sentido del humor últimamente?

IVÁN. ¡¿Ah, sí?!

SERGIO. Bien, ya basta, decidámonos. La verdad es que ya no tengo hambre.

IVÁN. ¡Estáis siniestros esta noche!...

SERGIO. ¡Mira, ven! ¿Quieres que te dé mi punto de vista sobre tus problemas con las mujeres?

IVÁN. Dámelo.

SERGIO. La más histérica de todas, a mis ojos, es Catalina. Y de lejos.

MARCOS. Totalmente de acuerdo.

SERGIO. Si ahora ya te dejas dominar por ella, se te avecina un futuro aterrador.

IVÁN. ¿Qué puedo hacer?

MARCOS. Anular.

IVÁN. ¡¿Anular la boda?!

SERGIO. Tiene razón.

IVÁN. Pero ¿estáis locos? ¡Es imposible!

MARCOS. ¿Por qué?

IVÁN. ¡Porque es imposible! Está todo organizado. Ya llevo un mes trabajando en la papelería...

MARCOS. ¿Y eso qué tiene que ver?

IVÁN. La papelería es de su tío, que no necesitaba contratar a nadie para nada, y menos todavía a un tipo que solo ha trabajado en el sector textil.

SERGIO. Haz lo que te parezca. Yo ya te he avisado.

IVÁN. Perdona, Sergio, sin ganas de ofender, tú no eres el tipo de hombre al que yo pediría consejo en materia de matrimonio. No creo que tu vida privada sea tan ejemplar...

SERGIO. Precisamente.

IVÁN. Yo no puedo anular esta boda. Ya sé que Catalina es una histérica, pero tiene cualidades. Cualidades de mérito para casarse con un chico como yo... [*Mostrando el Antrios*]. ¿Dónde lo vas a colocar?

SERGIO. Todavía no lo sé.

IVÁN. ¿Por qué no lo pones allí?

SERGIO. Porque allí lo aplastaría la luz del día.

IVÁN. Ah, claro. Hoy me he acordado de ti, en el taller han reproducido quinientos carteles de un tipo que pinta flores blancas, completamente blancas, sobre un fondo blanco.

SERGIO. El Antrios no es blanco.

IVÁN. No, claro que no. Es un decir.

MARCOS. ¿Este cuadro no lo ves blanco, Iván?

IVÁN. No, del todo no...

MARCOS. Ah, ya. ¿Y de qué color lo ves?...

IVÁN. Veo colores... Veo amarillo, gris, unas líneas un poco ocre...

MARCOS. Y esos colores te emocionan.

IVÁN. Sí..., esos colores me emocionan.

MARCOS. Iván, eres inconsistente. Eres un ser híbrido y fláccido.

SERGIO. ¿Por qué eres así de agresivo con Iván?

MARCOS. Porque es un cortesano, servil, fascinado por el dinero, fascinado por lo que cree que es la cultura, cultura sobre la que vomito sin contemplaciones.

*Un corto silencio.*

SERGIO. ... ¿Se puede saber qué te pasa?

MARCOS. [*A Iván*]. ¿Cómo puedes, Iván?... Delante de mí. Delante de mí, Iván.

IVÁN. ¿Delante de ti, qué?..., ¿delante de ti, qué?... Sí, señor. Soy sensible a esos colores. ¡Qué pasa! Y deja ya de imponer tu criterio a los demás.

MARCOS. ¿Cómo puedes decir, delante de mí, que eres sensible a esos colores?...

IVÁN. Porque es la verdad.

MARCOS. ¿La verdad? ¿Esos colores te llegan?

IVÁN. Sí. Esos colores me llegan.

MARCOS. Esos colores te llegan, ¡¿Iván?!

SERGIO. ¡Esos colores le llegan! ¡Tiene todo el derecho!

MARCOS. No, no tiene derecho.

SERGIO. ¿Cómo que no tiene derecho?

MARCOS. No tiene derecho.

IVÁN. ¡¿No tengo derecho?!...

MARCOS. No.

SERGIO. ¿Y por qué no tiene derecho? Sabes que no estás nada bien últimamente, deberías consultar a un médico.

MARCOS. No tiene derecho a decir que esos colores le llegan, porque es falso.

IVÁN. ¡¿Que no me llegan esos colores?!

MARCOS. No hay colores. No los ves. O sea que no te llegan.

IVÁN. ¡Habla por ti!

MARCOS. ¡Qué bajeza, Iván!...

SERGIO. ¡¿Pero, quién eres tú, Marcos?!… ¿Quién eres tú para imponer tu ley? Un tipo que no aprecia nada, que detesta a todo el mundo, que se enorgullece de no ser un hombre de su tiempo…

MARCOS. ¿Qué quiere decir ser un hombre de su tiempo?

IVÁN. *Ciao*. Yo me voy.

SERGIO. ¿Adónde vas?

IVÁN. Me voy. No veo por qué he de aguantar vuestros «malos rollos».

SERGIO. ¡Tú te quedas! No te hagas el ofendido… Si te vas, le das la razón. [*Iván se queda, indeciso*]. Un hombre de su tiempo es un hombre que vive en su propio tiempo.

MARCOS. Qué gilipollez. ¿Cómo puede un hombre vivir en otro tiempo que no sea su propio tiempo? Explícamelo.

SERGIO. Un hombre de su tiempo es alguien del que se podrá decir dentro de veinte años, dentro de cien años, que es representativo de su época.

MARCOS. Hum, hum. ¿Y de qué sirve?

SERGIO. ¿Cómo que de qué sirve?

MARCOS. ¿De qué me sirve que digan de mí un día: Fue representativo de su época?

SERGIO. Pero, querido, pobrecito mío, que no se trata de ti. ¡Tú no pintas nada! Un hombre de su tiempo, tal como yo lo entiendo, es, como la mayoría de los que tú admiras, alguien que realiza una contribución a la humanidad... Un hombre de su tiempo no reduce la historia de la pintura a una vista neoprimitivo-flamenca de Teruel...

MARCOS. Toledo.

SERGIO. Da igual. Un hombre de su tiempo participa en la dinámica intrínseca de la evolución...

MARCOS. ¿Y eso, según tú, está bien?

SERGIO. No está ni bien ni mal. ¿Por qué quieres moralizar? Está en la naturaleza de las cosas.

MARCOS. Tú, por ejemplo, participas en la dinámica intrínseca de la evolución.

SERGIO. Sí.

MARCOS. ¿Y Iván?...

IVÁN. No, hombre, no. Un ser híbrido no participa en nada.

SERGIO. Iván, a su manera, es un hombre de su tiempo.

MARCOS. ¿Y en qué te basas para decir eso de él? ¡En el bodrio que tiene colgado encima de su chimenea!

IVÁN. ¡No es ningún bodrio!

SERGIO. Sí, es un bodrio.

IVÁN. ¡No lo es!

SERGIO. Da igual. Iván es representativo de una cierta manera de vivir, de pensar, que es totalmente contemporánea. Como tú, por cierto. Perdona, pero tú eres un hombre típicamente de tu tiempo. Y en realidad cuanto más deseas no serlo, más lo eres.

MARCOS. Entonces todo va bien. ¿Dónde está el problema?

SERGIO. El problema es únicamente tuyo, que basas tu pundonor en querer excluirte del círculo humano. Y no lo consigues. Lo mismo sucede con las arenas movedizas: cuanto más intentas salir, más te hundes. Presenta tus excusas a Iván.

MARCOS. Iván es un cobarde.

*Tras estas palabras, Iván toma su decisión.*
*Sale precipitadamente.*
*Un breve espacio de tiempo…*

SERGIO. Bravo.

*Silencio.*

MARCOS. Será mejor dejarlo esta noche…, ¿no crees?… Me parece que yo también me voy…

SERGIO. Si quieres…

MARCOS. Quiero…

SERGIO. El cobarde eres tú… Atacas a un chico que es incapaz de defenderse… Lo sabes muy bien.

MARCOS. Tienes razón… Tienes razón y lo que acabas de decir me afecta más todavía… Mira, de pronto no entiendo nada, ya no sé qué me une a Iván… Ya no sé de qué está hecha mi relación con ese chico.

SERGIO. Iván siempre ha sido lo que es.

MARCOS. No. Antes tenía una locura, tenía una incongruencia… Era frágil, y su locura desarmaba…

SERGIO. ¿Y conmigo?

MARCOS. ¿Contigo qué?

SERGIO. ¿Sabes qué te une a mí?…

MARCOS. … Es una pregunta que podría llevarnos muy lejos…

SERGIO. Vamos allá.

*Corto silencio.*

MARCOS. … Siento mucho haber herido a Iván.

SERGIO. ¡Ah! Por fin una palabra mínimamente humana en tu boca…, y más aún teniendo en cuenta que el bodrio que tiene encima de su chimenea, creo que lo ha pintado su padre.

MARCOS. ¡Oh, no!, mierda…

SERGIO. Sí…

MARCOS. Pero tú también…

SERGIO. Sí, sí, mientras se lo decía me he acordado.

MARCOS. Oh, mierda…

SERGIO. Hum… [*Ríen*].

*Un breve tiempo…*

*Llaman.*

*Sergio va a abrir.*

*Iván entra acto seguido en el salón y, como antes, habla apenas llega.*

IVÁN. ¡El retorno de Iván! El ascensor estaba ocupado, me lanzo escaleras abajo, y mientras iba saltando los peldaños de tres en tres repitiéndome cobarde, híbrido, inconsistente, me digo vuelvo con una pistola, me lo cargo y ya veremos si soy fláccido y servil, llego a la planta baja, me paro y me digo alto, nene, no has estado seis años yendo al psicoanalista para terminar cargándote a tu mejor amigo y no has estado seis años yendo al psicoanalista para no darte cuenta de que detrás de esta demencia verbal se oculta un malestar existencial profundo. Inicio mi ascensión y me digo, mientras me elevo por los peldaños del perdón, Marcos está pidiendo ayuda, he de socorrerle me cueste lo que me cueste... Por cierto, el otro día le hablé de vosotros a Hoffermayer...

SERGIO. ¡¿Hablas de nosotros con Hoffermayer?!

IVÁN. Hablo de todo con Hoffermayer.

SERGIO. ¿Y por qué le hablas de nosotros?

MARCOS. Te prohíbo que le hables de mí a ese cretino.

IVÁN. Tú no me prohíbes nada.

SERGIO. ¿Por qué le hablas de nosotros?

IVÁN. He notado que vuestras relaciones eran tensas y pensé que Hoffermayer me podría arrojar un poco de luz...

SERGIO. ¿Y qué dice ese imbécil?

IVÁN. Dice algo muy divertido...

MARCOS. ¡¿Esa gente da su opinión?!

IVÁN. No, no da su opinión, pero esta vez me la dio, e incluso la acompañó de un gesto, él, que no gesticula nunca, siempre tiene frío, siempre le digo ¡muévase!...

SERGIO. ¡Bien, sí, pero ¿qué dice?!

MARCOS. ¡Me da igual lo que diga!

SERGIO. ¿Qué dijo?

MARCOS. ¿Y qué puede interesarnos lo que diga?

SERGIO. Quiero saber qué ha dicho ese imbécil, ¡mierda!

IVÁN. [*Busca en el bolsillo de su americana*]. ¿Queréis saberlo?… [*Saca un papel doblado*].

MARCOS. ¡¿Lo has anotado?!

IVÁN. [*Desdoblando el papel*]. Lo anoté porque es complicado… ¿Os lo leo?

SERGIO. Lee.

IVÁN. … «Si yo soy yo porque soy yo, y tú eres tú porque eres tú, yo soy yo y tú eres tú. Si, por el contrario, yo soy yo porque tú eres tú, y tú eres tú porque yo soy yo, entonces ni yo soy yo ni tú eres tú…».

Comprenderéis que lo haya anotado.

*Corto silencio.*

MARCOS. ¿Cuánto le pagas?

IVÁN. Siete mil la sesión, dos veces por semana.

MARCOS. Bonito.

IVÁN. Y en metálico. Porque he descubierto una cosa, no se puede pagar con un cheque. Freud dijo que hay que sentir cómo se te va el dinero de las manos.

MARCOS. Tienes suerte de haber dado con un tipo como ese.

SERGIO. ¡Oh, sí!... Serías tan amable de copiarnos la fórmula.

MARCOS. Sí. Nos puede ser muy útil.

IVÁN. [*Volviendo a doblar con cuidado el papel*]. Os equivocáis. Es muy profundo.

MARCOS. Si es por él por lo que has vuelto a ofrecer tu otra mejilla, ya puedes darle las gracias. Te ha convertido en un felpudo, pero si estás contento eso es lo que cuenta.

IVÁN. [*A Sergio*]. Todo esto porque no quiere aceptar que a mí me guste tu Antrios.

SERGIO. Me importa un cuerno lo que podáis pensar de este cuadro. Tanto tú como él.

IVÁN. Cuanto más lo miro, más me gusta, de verdad.

SERGIO. Propongo que dejemos de hablar de este cuadro; de una vez por todas. ¿De acuerdo? Es una conversación que no me interesa en absoluto.

MARCOS. ¿Por qué te enfadas de esta manera?

SERGIO. No me enfado, Marcos. Habéis expresado vuestras opiniones. Perfecto. Asunto zanjado.

MARCOS. Ves como te lo tomas mal.

SERGIO. No me lo tomo mal. Estoy cansado.

MARCOS. Si esto te hiere, significa que estás supeditado a la opinión de los demás...

SERGIO. Estoy cansado, Marcos. Todo esto es estéril... La verdad es que esta noche me aburrís profundamente.

IVÁN. ¡Vámonos a cenar!

SERGIO. Idos los dos. ¿Por qué no vais los dos solos?

IVÁN. ¡Ni hablar! Para una vez que estamos los tres...

SERGIO. Pues para lo que sirve...

IVÁN. No entiendo nada. ¿Qué es lo que pasa? Calmémonos. ¿A qué viene esta pelea, y menos aún por un cuadro?

SERGIO. ¡Te das cuenta de que estás echando leña al fuego con tus ¡«calmémonos» jesuíticos! ¿Es ese tu nuevo estilo?

IVÁN. No conseguiréis desestabilizarme.

MARCOS. Me impresionas. ¡Iré a visitar a ese Hoffermayer!...

IVÁN. No podrás, está a tope.

¿Qué estas comiendo?

MARCOS. Gelsenium.

IVÁN. He entrado en el orden lógico de las cosas,

boda, hijos, muerte. Papelería. ¿Qué me puede suceder?

*Movido por un impulso repentino, Sergio se apodera del Antrios y lo coloca de nuevo donde estaba, fuera del salón. Acto seguido vuelve.*

MARCOS. No somos dignos de contemplarlo...

SERGIO. Exacto.

MARCOS. O temes que en mi presencia acabes viéndolo con mis ojos...

SERGIO. No. Te daré más argumentos. ¿Sabes qué dice San Juan de la Cruz?

MARCOS. Me da igual lo que diga San Juan de la Cruz.

SERGIO. ¿Tampoco te gusta San Juan de la Cruz?

MARCOS. No me cites a San Juan de la Cruz.

SERGIO. ¡Pero a ti te gusta San Juan de la Cruz!

MARCOS. Me la trae floja lo que diga San Juan de la Cruz.

SERGIO. Me lo descubriste tú. ¡Tú mismo me descubriste a San Juan de la Cruz!

MARCOS. No me cites a San Juan de la Cruz, no me importa lo que diga San Juan de la Cruz. Paso de San Juan de la Cruz.

SERGIO. ¿Y qué es lo que te importa a ti? ¿De qué no pasas tú?

MARCOS. De que hayas comprado ese cuadro. Que te hayas gastado cinco kilos en esa mierda.

IVÁN. ¡No vuelvas a empezar, Marcos!

SERGIO. Voy a decirte de lo que no paso yo. Ya que estamos en plan confidencias. No paso de la manera como insinuaste con una risita sarcástica que yo mismo encontraba esa obra grotesca. Negaste que yo pudiera sentirme sinceramente cercano a ella. Has intentado crear una complicidad odiosa entre nosotros. Y para decirlo con tus propias palabras, Marcos, eso es lo que me distancia de ti últimamente, tu continua desconfianza.

MARCOS. Es verdad. No puedo imaginar que seas sincero cuando dices que te gusta ese cuadro.

IVÁN. Pero ¿por qué?

MARCOS. Porque quiero a Sergio y porque soy incapaz de querer al Sergio que compra este cuadro.

SERGIO. ¿Por qué dices que compra? ¿Por qué no dices que ama?

MARCOS. Porque no puedo decir que ama, no puedo creer que ame.

SERGIO. Entonces, por qué lo compro, si no lo amo.

MARCOS. Esa es la cuestión.

SERGIO. [*A Iván*]. ¡Mira que es burro, yo me limito a tomarle el pelo y él me responde con la petulante y vacua hinchazón del sabiondo!... [*A Marcos*]. ¿Y no te has podido imaginar ni por un segundo que en el caso, incluso improbable, de que a mí me gustara realmente el cuadro, pudiera herirme oír tu opinión inflexible, radical, cómplice en la repulsa?

MARCOS. No.

SERGIO. Cuando me preguntaste qué pensaba de Paula —una chica que, a lo largo de toda una cena, estuvo argumentándome, a mí, que se podía curar la enfermedad de Elhers Danlos con la homeopatía—, no te dije que la encontraba fea, repelente y sin encanto alguno. Y habría podido.

MARCOS. ¿Es eso lo que piensas de Paula?

SERGIO. ¿Tú qué crees?

IVÁN. ¡Que no, que no piensas eso! ¡No se puede pensar eso de Paula!

MARCOS. Contéstame.

SERGIO. ¡Te das cuenta, te das cuenta del efecto que provoca!

MARCOS. ¿Piensas realmente lo que acabas de decir de Paula?

SERGIO. Peor.

IVÁN. ¡¡Que no!!

MARCOS. ¿Peor, Sergio? ¿Peor que repelente? ¿Puedes explicarme qué hay peor que repelente?...

SERGIO. ¡Ah! ¡Ah! ¡Cuando te concierne, es como si el sabor de las palabras fuese más amargo!... ¿Verdad?...

MARCOS. Sergio, explícame qué hay peor que repelente...

SERGIO. No adoptes ese tono tajante. Aunque solo sea —te voy a contestar—, aunque solo sea por su manera de apartar el humo del tabaco...

MARCOS. Su manera de apartar el humo del tabaco...

SERGIO. Sí. Su manera de apartar el humo del tabaco. Un gesto que a ti te parece insignificante, un gesto anodino, crees tú, pues no lo es, en absoluto, su manera de apartar el humo del tabaco es lo que la hace total y absolutamente repelente.

MARCOS. ... ¿Me estás hablando de Paula, una mujer que comparte mi vida, en esos términos intolerables solo porque desapruebas su manera de apartar el humo del tabaco?...

SERGIO. Sí. Su manera de apartar el humo la condena sin remisión.

MARCOS. Sergio, explícame eso antes de que pierda el control. Es muy grave lo que estás haciendo.

SERGIO. Cualquier mujer diría: Perdone, me molesta un poco el humo, podría alejar el cenicero, ella no, ella no se rebaja a hablar, ella dibuja su desprecio en el aire, un gesto calculado, con viperina flaccidez, un movimiento de la mano que se quiere imperceptible y que da por sobreentendido: Fume, fume, es desesperante, pero con usted de nada sirve hacerlo notar, que hace que te preguntes si eres tú o el cigarrillo lo que la indispone.

IVÁN. ¡Exageras!...

SERGIO. Te das cuenta, no dice que estoy equivocado, dice que exagero, no dice que estoy equivocado. Su manera de apartar el humo del tabaco revela una naturaleza fría, condescendiente y cerrada al mundo. Cosa a la que tiendes tú también. Es una pena, Marcos, es realmente una pena que hayas dado con una mujer tan negativa...

IVÁN. ¡Paula no es negativa!...

MARCOS. Retira todo lo que acabas de decir, Sergio.

SERGIO. No.

IVÁN. ¡Claro que sí!...

MARCOS. Retira lo que acabas de decir...

IVÁN. ¡Retíralo, retíralo! ¡Es ridículo!

MARCOS. Sergio, por última vez, te exijo que retires lo que acabas de decir.

SERGIO. Una pareja aberrante a mis ojos. Una pareja de fósiles.

*Marcos se precipita sobre Sergio.*
*Iván se precipita para interponerse.*

MARCOS. [*A Iván*]. ¡Apártate!...

SERGIO. [*A Iván*]. ¡No te metas!...

*Sigue una especie de lucha grotesca, muy corta, que se termina con un golpe desafortunado que recibe Iván.*

IVÁN. ¡Oh, mierda!... ¡Oh, mierda!...

SERGIO. Déjame ver, déjame ver... [*Iván gime. Demasiado, al parecer*]. ¡Pero... déjame ver!... No es nada... No tienes nada... Espera... [*Sale y vuelve con una compresa*]. Toma, sujétala un rato.

IVÁN. ... Sois unos anormales. ¡Dos hombres como vosotros comportándose como dos locos!

SERGIO. Tranquilízate.

IVÁN. ¡Me duele de verdad!... ¡Mira que si me habéis perforado el tímpano!

SERGIO. No, hombre, no.

IVÁN. ¿Qué sabrás tú? ¡No eres otorrino!... Dos amigos como vosotros. ¡Dos hombres con carrera!...

SERGIO. Cálmate ya.

IVÁN. No te puedes cargar a una persona solo porque no te gusta su manera de apartar el humo del tabaco...

SERGIO. Sí puedo.

IVÁN. ¡Pero es inaudito, no tiene ningún sentido!

SERGIO. ¿Qué sabrás tú del sentido de nada?

IVÁN. ¡Eso, agrédeme, agrédeme! Puede que tenga una hemorragia interna, ¡por qué he visto pasar un ratón!...

SERGIO. Es una rata.

IVÁN. ¡Una rata!

SERGIO. Sí, pasa de vez en cuando.

IVÁN. ¡¡¿Tienes una rata?!!

SERGIO. No te quites la toalla, mantenla.

IVÁN. ¿Qué es lo que os pasa?... ¿Qué es lo que ha pasado entre vosotros? ¿Algo habrá pasado para que estéis locos de atar?

SERGIO. He hecho una adquisición que no tiene el plácet de Marcos.

IVÁN. ¡Basta ya!... Los dos habéis entrado en una espiral de la que no podéis salir... Igual que yo con María Luisa. ¡La relación más patológica del mundo!

SERGIO. ¿Quién es María Luisa?

IVÁN. ¡La cerda de mi madrastra!

SERGIO. Hacía tiempo que no nos hablabas de ella.

*Un corto silencio.*

MARCOS. ¿Por qué no me dijiste en su momento lo que pensabas de Paula?

SERGIO. No quería disgustarte.

MARCOS. No, no, no...

SERGIO. ¿Qué, no, no, no?

MARCOS. No. Cuando te pregunté qué pensabas de Paula, me contestaste: Sois tal para cual.

SERGIO. Sí...

MARCOS. Y eso era positivo, en tu boca.

SERGIO. Por supuesto...

MARCOS. Sí, sí. En aquel momento, sí.

SERGIO. Bien, ¿y qué quieres demostrar?

MARCOS. Pero hoy el proceso que le haces a Paula, en realidad el que me haces a mí, se inclina del lado opuesto.

SERGIO. No lo entiendo...

MARCOS. Claro que lo entiendes.

SERGIO. No.

MARCOS. Desde que ya no puedo seguirte en tu furiosa, aunque reciente, apetencia de novedad, me he vuelto «condescendiente», «cerrado al mundo», «fosilizado»...

IVÁN. ¡Me barrena!... ¡Es como si me taladrasen el cerebro!

SERGIO. ¿Quieres un poco de coñac?

IVÁN. ¿Tú crees?... Si tengo algo en el cerebro, ¿crees que el alcohol es lo más indicado?...

SERGIO. ¿Quieres una aspirina?

IVÁN. ¡No os ocupéis de mí! Seguid vuestra absurda conversación, no me hagáis caso.

MARCOS. Es difícil.

IVÁN. Podríais tener un granito de compasión, ¿no?

SERGIO. Yo soporto que frecuentes a Paula. No me disgusta que estés con Paula.

MARCOS. No tienes ningún motivo para estar disgustado.

SERGIO. ¿Y tú, tienes algún motivo para estar disgustado?... Ves, ¡iba a decir porque yo esté con el Antrios!

MARCOS. Sí.

SERGIO. ... Algo se me escapa.

MARCOS. Yo no te he reemplazado por Paula.

SERGIO. ¿Me estás diciendo que yo te he reemplazado por el Antrios?

MARCOS. Sí.

SERGIO. ¡¿Yo te he reemplazado por el Antrios?!

MARCOS. Sí. Por el Antrios... y compañía.

SERGIO. [*A Iván*]. Iván, ¿tú entiendes lo que dice?...

IVÁN. Me da igual, estáis «de frenopático».

MARCOS. En mi época, jamás hubieras comprado ese cuadro.

SERGIO. ¿Qué significa en mi época?

MARCOS. La época en la que me distinguías de los demás, en la que medías las cosas a mi manera.

SERGIO. ¿Ha existido una época de ese tipo entre nosotros?

MARCOS. Eres cruel. Y mezquino.

SERGIO. No, te lo aseguro, estoy alucinado.

MARCOS. Si Iván no se hubiera convertido en un molusco, me respaldaría.

IVÁN. Continúa, continúa, ya te he dicho que me resbala.

MARCOS. [*A Sergio*]. Hubo un tiempo en el que estabas orgulloso de tenerme por amigo... Te felicitabas por mi singularidad, por mi tendencia a mantenerme aparte. Te gustaba exhibir mi salvajismo en sociedad, tú, que vivías con tanta normalidad. Yo era tu coartada. Pero..., a la larga, debo creer que esa clase de afecto se marchita... Y, ya mayorcito, reclamaste tu independencia...

SERGIO. Me gusta el «ya mayorcito».

MARCOS. Y yo odio tu independencia. Por lo violenta. Me has abandonado. Me has traicionado. Para mí, eres un traidor.

*Silencio.*

SERGIO. [*A Iván* ]. ... Iván, ¡si le comprendo bien, era mi mentor!... [*Iván no responde. Marcos mira con desprecio. Un breve tiempo]*

... Y si yo te quería en calidad de mentor..., tú, ¿de qué naturaleza eran tus sentimientos?

MARCOS. Adivínalo.

SERGIO. Sí, sí, pero querría oírtelo decir.

MARCOS. ... Me gustaba tu mirada. Estaba orgulloso. Siempre te he agradecido que me considerases alguien aparte. Incluso llegué a pensar que ese aparte era del orden de lo superior mientras un día no me dijeras lo contrario.

SERGIO. Es terrible.

MARCOS. Es la verdad.

SERGIO. ¡Qué fracaso…!

MARCOS. Sí, ¡qué fracaso!

SERGIO. ¡Qué fracaso!

MARCOS. Sobre todo para mí… Tú has descubierto una nueva familia. ¡Tu naturaleza idólatra ha encontrado nuevos objetos!… ¡El Artista!… ¡La Deconstrucción!…

*Corto silencio.*

IVÁN. ¿Qué es la deconstrucción?…

MARCOS. ¿No sabes qué es la deconstrucción?… Pregúntaselo a Sergio, domina muy bien el tema… [*A Sergio*]. Para hacerme comprender un cuadro absurdo, has ido a buscar tu terminología en el registro de obras públicas… ¡Ah!, sonríes, ves, cuando sonríes así, recobro la esperanza, qué imbécil…

IVÁN. ¡Hacedme el favor de reconciliaros! Pasemos una velada agradable. ¡Todo esto es ridículo!

MARCOS. … Es culpa mía. Últimamente nos hemos visto poco. He estado ausente, te has puesto a alternar con la gama alta de la clase pija, los Rópez…, los Galicia-Lépice…, ese dentista de famosas televisivas, Hugo Salazar... ¿Es él quien te ha...?

SERGIO. No, no, no, no, en absoluto, no es en absoluto su mundo, no le gusta el Arte conceptual...

MARCOS. Bueno, en fin, da igual.

SERGIO. No, no da igual.

MARCOS. Ves, una prueba más de que te he dejado a la deriva... Ya no nos entendemos ni en una conversación corriente.

SERGIO. Ignoraba totalmente —de verdad que lo descubro ahora— que estuviera hasta tal punto bajo tu tutela, en tu posesión...

MARCOS. No. En mi posesión, no... No deberíamos jamás dejar a los amigos sin vigilancia. Hay que vigilar siempre a los amigos. Si no, se nos escapan... Mira al pobre Iván, que nos encantaba con su actitud despreocupada y al que hemos dejado que se volviera miedoso, papelero... Pronto marido..., un muchacho que nos aportaba una singularidad que ahora se esfuerza en borrar...

SERGIO. ¡Que nos aportaba! ¿Te das cuenta de lo que estás diciendo? ¡Todo es siempre en función tuya! Aprende a querer a las personas por ellas mismas, Marcos.

MARCOS. ¡¿Qué quiere decir por ellas mismas?!

SERGIO. Por lo que son.

MARCOS. ¡¿Pero qué es lo que son?! ¡¿Qué es lo que son?!... ¿Aparte de la esperanza que yo deposito en ellas?... Busco desesperadamente un amigo que me preexista. Hasta ahora no he tenido suerte. He tenido que moldearos... Pero ves, tampoco funciona. Un día u otro, la criatura va a cenar a casa de los Galicia-Lépice y para asumir su nuevo estatus, va y se compra un cuadro blanco.

IVÁN. En medicina, esto tiene un nombre. La enfermedad que padece tiene un nombre...

SERGIO. O sea, henos aquí al término de una relación de quince años...

MARCOS. Sí.

IVÁN. Lamentable...

MARCOS. Ves, si hubiéramos conseguido hablarnos normalmente, en fin, si hubiera podido expresarme con serenidad...

SERGIO. ¿Sí?...

MARCOS. No...

SERGIO. Sí. Habla. Que podamos intercambiar aunque solo sea una palabra sin crispación.

MARCOS. ... Yo no creo en los valores que rigen el

Arte de hoy... La ley de la novedad. La ley de la sorpresa...

La sorpresa es una cosa muerta. Muerta apenas concebida, Sergio...

SERGIO. Bien. ¿Y luego?

MARCOS. Eso es todo. Yo también fui para ti una sorpresa.

SERGIO. ¡Pero qué dices!

MARCOS. Una sorpresa que duró cierto tiempo, he de decir.

IVÁN. Hoffermayer es un genio. Ya lo había previsto todo, os lo aseguro.

MARCOS. Me gustaría que dejaras de arbitrar, Iván, que dejaras de considerarte al margen de esta conversación.

IVÁN. ¿Me quieres hacer partícipe?, ni hablar, a mí no me incumbe. Yo ya tengo el tímpano roto, ¡ahora arreglad vuestras cuentas solitos!

MARCOS. Quizá tenga roto el tímpano. Le he dado muy fuerte.

SERGIO. [*Riéndose*]. Por favor, no te tires faroles.

MARCOS. Ves, Iván, lo que ahora mismo no soporto de ti —aparte de todo lo que ya he dicho y pienso— es tu deseo de ponernos al mismo nivel. Iguales, nos querrías iguales. Para poder aparcar tu cobardía. Iguales en la discusión, iguales en la amistad de antaño. Pero no somos iguales, Iván. Tienes que escoger tu bando.

IVÁN. Ya está escogido.

MARCOS. Perfecto.

SERGIO. No necesito ningún hincha.

MARCOS. Ahora no irás a rechazar a este pobre chico.

IVÁN. ¡¿Por qué vernos, si nos odiamos?! ¡Nos odiamos, está claro! En fin, yo no os odio, pero vosotros, ¡vosotros os odiáis! ¡Y me odiáis! ¿Entonces por qué nos vemos?... Yo estaba dispuesto a pasar una velada relajada después de toda una semana de preocupaciones absurdas, reencontrar a mis dos mejores amigos, ir al cine, reír, desdramatizar...

SERGIO. Te das cuenta de que solo hablas de ti.

IVÁN. ¡¿Y vosotros de qué habláis?! ¡Todo el mundo habla de sí mismo!

SERGIO. Nos has fastidiado la noche, tú...

IVÁN. ¡¿Os he fastidiado la noche?!

SERGIO. Sí.

IVÁN. ¡¿Yo os he fastidiado la noche?! ¡¿Yo?! ¡¿Yo os he fastidiado la noche?!

MARCOS. Sí, sí, tú, ¡no te sulfures!

IVÁN. ¡¿Soy yo quien os ha fastidiado la noche?!...

SERGIO. ¿Cuántas veces lo piensas repetir?

IVÁN. Respondedme, ¡¡¿soy yo quien os ha fastidiado la noche?!!...

MARCOS. Llegas con tres cuartos de hora de retraso, no te excusas, nos atosigas con tus problemas domésticos...

SERGIO. Y tu presencia vil, tu presencia de espectador rastrero y neutro, nos conduce a Marcos y a mí a los peores excesos.

IVÁN. ¡Tú también! ¡¿Tú también te metes?!

SERGIO. Sí, porque sobre ese punto estoy totalmente de acuerdo con él. Tú has creado las condiciones del conflicto.

MARCOS. Esta voz de la razón sumisa y dulzona que intentas imponer desde que has llegado es inaguantable.

IVÁN. ¿Sabéis que puedo llorar?... Me puedo poner a llorar aquí mismo... y me falta muy poco...

MARCOS. Llora.

SERGIO. Llora.

IVÁN. ¡Llora! Me decís ¡¡llora!!...

MARCOS. Tienes todos los motivos para llorar, te vas a casar con una gorgona, pierdes los amigos que creías eternos...

IVÁN. ¡Ah, porque ya está, todo se acabó!

MARCOS. Tú mismo lo has dicho, ¡¿por qué vernos si nos odiamos?!

IVÁN. ¡¿Y mi boda?! ¡Sois los testigos, ¿os acordáis?!

SERGIO. Todavía puedes cambiarlo.

IVÁN. ¡Ya no! ¡Os he inscrito!

MARCOS. Puedes escoger a otros en el último momento.

IVÁN. ¡No se puede!

SERGIO. ¡Claro que sí!...

IVÁN. ¡No!...

MARCOS. No te preocupes, iremos.

SERGIO. Deberías anular la boda.

MARCOS. Tiene razón.

IVÁN. ¡Mierda, ya! ¡¡Qué es lo que os he hecho, mierda!!...

*Irrumpe en llanto.*

*Un tiempo.*

¡Es innoble lo que estáis haciendo! Os podíais haber peleado después del doce, no, os las arregláis para boicotear mi boda, una boda que en sí ya es una calamidad, que me ha hecho perder cuatro kilos, la arruináis definitivamente. Las dos únicas personas cuya presencia me proporcionaba un poco de satisfacción se las arreglan para destruirse el uno al otro, realmente soy un chico con suerte... [*A Marcos*]. Tú crees que me gustan las servilletas de papel, los confetis, los rollos de cinta adhesiva, ¡¿tú crees que un hombre normal se levanta un día, sin más, con ganas de vender clasificadores con fuelle?!... ¿Qué quieres que haga? Hasta los cuarenta años he hecho el imbécil ¡ah, claro!, eso sí, te divertía, divertía mucho a mis amigos con mis anécdotas y mis chistes; pero, por la noche, ¿quién es el que se queda solo como una rata?, ¿quién es el que regresa solo a su madriguera por la noche? El bufón rematadamente solo que conecta la radio, el televisor, todo aquello que habla y que al llegar al contestador se encuentra ¿a quién? A su madre. A su madre y a su madre.

*Un corto silencio.*

MARCOS. No te lo tomes tan a pecho.

IVÁN. ¡Que no me lo tome tan a pecho! ¡¿Quién me ha puesto en un estado así?! Mi alma no es tan exquisita como la vuestra. ¿Quién soy? Soy un peso ligero, un ser sin consistencia que no tiene opinión, soy un pitufo, ¡siempre he sido un pitufo!

MARCOS. Cálmate…

IVÁN. ¡No me digas cálmate! No tengo ninguna razón para calmarme, si quieres volverme loco, dime ¡cálmate! ¡Cálmate es lo peor que se le puede decir a alguien que ha perdido la calma! No soy como vosotros, no quiero tener autoridad, no quiero ser una referencia, no quiero existir por mí mismo, yo quiero ser vuestro amigo Iván el pitufo, el pitufo simpático y bonachón.

*Silencio.*

SERGIO. Si pudiéramos evitar el patetismo…

IVÁN. Ya he terminado.

¿Tienes algo de picar? Cualquier cosa, justo para no desmayarme.

SERGIO. Tengo unas aceitunas.

IVÁN. Dame.

*Sergio le da un tazón de aceitunas que está al alcance de su mano.*

SERGIO. [*A Marcos*]. ¿Quieres?

*Marcos asiente.*

*Iván le tiende el tazón.*

*Comen unas aceitunas.*

IVÁN. … ¿No tienes un plato para dejar los…?

SERGIO. Sí.

*Coge un platito y lo pone encima de la mesa.*

*Un tiempo.*

IVÁN. [*Mientras come las aceitunas*]. Mira que llegar a estos extremos… Este cataclismo por un panel blanco…

SERGIO. No es blanco.

IVÁN*:* ¡Una mierda blanca!… [*Poseído por una fuerte risa*]… ¡Porque es una mierda blanca!… ¡Reconócelo, hombre!… ¡Lo que has comprado no tiene ningún sentido!…

*Marcos ríe, arrastrado por la desmesura de Iván.*

*Sergio sale del salón.*

*Y vuelve de inmediato con el Antrios, que sitúa en el mismo sitio.*

SERGIO. [*A Iván*]. ¿Llevas encima tus famosos rotuladores?...

IVÁN. ¿Para hacer qué?... ¿No irás a dibujar sobre el cuadro?...

SERGIO. ¿Los llevas o no?

IVÁN: Espera... [*Busca en los bolsillos de su americana*]. Sí..., uno azul...

SERGIO. Dámelo.

*Iván le da el rotulador a Sergio.*

*Sergio coge el rotulador, saca el capuchón, observa un instante la punta, vuelve a colocar el capuchón.*

*Levanta los ojos hacia Marcos y le lanza el rotulador.*

*Marcos lo coge.*

*Un breve tiempo.*

SERGIO. [*A Marcos*]. Adelante. [*Silencio*]. ¡Adelante!

*Marcos se acerca al cuadro...*

*Mira a Sergio...*

*Luego destapa el rotulador.*

IVÁN. ¡No irás a hacerlo!...

*Marcos mira a Sergio...*

SERGIO. Venga.

IVÁN. ¡Estáis locos de remate los dos!

*Marcos se agacha para estar a la altura del cuadro.*

*Bajo la mirada horrorizada de Iván, sigue con el rotulador unas listas transversales.*

*Sergio está impasible.*

*Luego, con aplicación, Marcos dibuja sobre esa pendiente un pequeño esquiador con bonete.*

*Cuando ha terminado, se endereza y contempla su obra.*

*Sergio sigue de mármol.*

*Iván está petrificado.*

*Silencio.*

SERGIO. Bien, tengo hambre. ¿Vamos a cenar?

*Marcos esboza una sonrisa.*

*Vuelve a tapar el rotulador y con un gesto lúdico, lo lanza a Iván, que lo coge al vuelo.*

*En casa de Sergio.*

*En el fondo, colgado en la pared, el Antrios.*

*De pie delante de la tela, Marcos tiene una palangana con agua dentro de la cual Sergio moja un pequeño trapo. Marcos va subiendo las mangas de su camisa y Sergio está vestido con un delantal demasiado corto de pintor de pared.*

*Cerca de ellos, se pueden ver algunos productos, botellas y botes de alcohol, aguarrás, trapos, esponjas…*

*Con un gesto muy delicado, Sergio da el último toque a la limpieza del cuadro.*

*El Antrios ha vuelto a recuperar su blanco inicial.*

*Marcos deja la palangana y contempla el cuadro.*

*Sergio se vuelve hacia Iván, sentado un poco retraído.*

*Iván asiente.*

*Sergio retrocede y contempla la obra a su vez.*

*Silencio.*

IVÁN. [*Como si estuviera solo. Nos habla con voz ligeramente íntima*]… Al día siguiente de la boda, Catalina depositó en el cementerio de San Isidro, sobre la tumba de su madre muerta, su ramo de novia y un saquito de peladillas. Yo me alejé para llorar detrás de una capilla y por la noche, en la cama, recordando en silencio este acto sobrecogedor, volví a llorar desconsoladamente. Tengo que hablar lo antes posible con Hoffermayer de mi propensión a llorar, lloro por todo, cosa nada normal en un chico de mi edad. Todo empezó, o por lo menos se manifestó claramente, la noche del cuadro blanco en casa de Sergio. Después de que Sergio demostrara a Marcos, en un acto de pura demencia, que le importaba mucho más él que su cuadro, nos fuimos a cenar al Delfín Alegre. En el Delfín Alegre, Sergio y Marcos tomaron la decisión de intentar reconstruir una relación arrasada por los acontecimientos y las palabras. En un momento determinado, uno de nosotros empleó la expresión «periodo de prueba» y rompí a llorar. La expresión «periodo de prueba» aplicada a nuestra amistad provocó en mí un seísmo incontrolable y absurdo. En realidad, ya no soporto ningún discurso racional, todo lo que ha hecho que el mundo sea el mundo, todo lo que ha sido bello y grande en este mundo, no ha nacido nunca de un discurso racional.

*Un tiempo.*

*Sergio se enjuaga las manos. Va a vaciar la palangana, luego se pone a ordenar todos los productos, para que no quede rastro de la limpieza. Mira una vez más su cuadro. Luego se vuelve y avanza hacia nosotros.*

SERGIO. Cuando conseguimos, Marcos y yo, con la ayuda de un jabón suizo a base de bilis de buey, recomendado por Paula, borrar el esquiador, contemplé el Antrios y volviéndome hacia Marcos le dije: «¿Tú sabías que la tinta de los rotuladores era lavable?». «No», me contestó Marcos... «No... ¿Y tú?». «Yo tampoco», dije, muy rápido, mintiendo. Aunque estuve a punto de contestar que ya lo sabía. ¿Pero podía inaugurar nuestro periodo de prueba con una confesión tan decepcionante?...

Por otro lado, ¿estrenarse con una mentira?... ¡Mentira! No exageremos. ¿De dónde me viene esta estúpida virtud? ¿Por qué tienen que ser tan complicadas las relaciones con Marcos?...

*La luz aísla poco a poco el Antrios.*
*Marcos se acerca al cuadro.*

MARCOS. Debajo de las nubes blancas, cae la nieve.

No se ven ni las nubes blancas ni la nieve.

Ni el frío ni el resplandor blanco del sol. Un hombre solo, con esquíes, se desliza.

Cae la nieve.

Cae hasta que el hombre desaparece y vuelve a su opacidad.

Mi amigo Sergio, que es amigo mío desde hace mucho tiempo, se ha comprado un cuadro.

Es una tela de aproximadamente un metro sesenta por un metro veinte.

Representa un hombre que atraviesa un espacio y desaparece.

TELÓN